U0675519

作家出版社
建社70周年
珍本文库

1953 — 2023

作家出版社建社70周年珍本文库

策划 / 鲍　坚　张亚丽
终审 / 颜　慧　王　松　胡　军　方　文
监印 / 扈文建
统筹 / 姬小琴

出 版 说 明

1953年，作家出版社在祖国蒸蒸日上的新气象中成立，至今谱写了70年华彩乐章。时代风起云涌间，中国文学名家力作迭出，流派异彩纷呈，取得的成绩令世人瞩目。作为中国出版事业的中坚力量，作家出版社在经典文学出版、作家队伍建设、文学风气引领等方面成就卓著，用一部部厚重扎实的作品，夯实了新中国文学的根基。为庆祝作家出版社成立70周年，向老一代经典作家致敬，向伟大的文学时代致敬，我们启动"作家出版社建社70周年珍本文库"文学工程，选取部分建社初期作家出版社首次出版的作品重装出版，彰显中国风格、中国气派和文学价值观上的人民立场，共同见证新中国文学事业的勃发和生机。相信这套文库的文学价值和社会意义，将随着时间的推移而日益显示出来。需要说明的是，由于一些原因，未能尽数收录建社初期所有重要作品，我们心存遗憾。衷心感谢中国作家协会、各位作家及作家亲属给予本文库的大力支持。

作家出版社

内容简介：

《海岬上》是著名诗人艾青诗歌代表作结集，如《西湖》《礁石》《马头琴》《启明星》《下雪的早晨》《在智利的海岬上》等。艾青于1954年越过大西洋，访问了南美的智利，他用诗歌记录下旅途中的见闻，和在智利伟大诗人聂鲁达家做客的情景。又于1956年访问了内蒙古草原，用诗歌赞美了草原的生活。此外还收录了作者用散文诗形式写的四篇寓言。

艾青

（1910—1995）

生于浙江金华，现代文学家、诗人。曾任中国作家协会副主席、国际笔会中心副会长等职。出版诗集《北方》《向太阳》《旷野》《火把》《黎明的通知》等，文论集《诗论》《论诗》《新诗论》等。1985年获法国文学艺术最高勋章。

作家出版社 首版封面

《海岬上》

艾青 著

作家出版社1957年10月

海岬上

艾青 ○ 著

作家出版社

图书在版编目（CIP）数据

海岬上 / 艾青著 . -- 北京：作家出版社，2023. 10
（作家出版社建社 70 周年珍本文库）
ISBN 978-7-5212-2485-6

Ⅰ. ①海… Ⅱ. ①艾… Ⅲ. ①诗集—中国—当代 Ⅳ. ① I227

中国国家版本馆 CIP 数据核字（2023）第 164838 号

海岬上

策　　划	鲍　坚　张亚丽
统　　筹	姬小琴
作　　者	艾　青
责任编辑	省登宇　周李立
装帧设计	棱角视觉
出版发行	作家出版社有限公司

社　　址：北京农展馆南里 10 号　　　邮　　编：100125
电话传真：86-10-65067186（发行中心及邮购部）
　　　　　86-10-65004079（总编室）
E-mail:zuojia @ zuojia.net.cn
http://www.zuojiachubanshe.com
印　　刷：北京盛通印刷股份有限公司
成品尺寸：142×210
字　　数：60 千
印　　张：3.75
版　　次：2023 年 10 月第 1 版
印　　次：2023 年 10 月第 1 次印刷
ISBN　978-7-5212-2485-6
定　　价：48.00 元

目录

西　湖

月宫里的明镜
不幸失落人间
一个完整的圆形
被分成了三片

人们用金边镶裹
裂缝以漆泥胶成
敷上翡翠、涂上赤金
恢复它的原形

晴天，白云拂抹
使之明洁
照见上空的颜色

在清澈的水底

桃花如人面

是彩色缤纷的记忆

1953 年 4 月

三株小杉树

年轻的杉树长满了嫩芽

嫩得好像要滴下水来

园里的草地露水很重

人走进的时候鞋子都湿了

早上的阳光照在露珠上

每颗露珠都在发亮

我摘了一个杉树的果子

手上沾满了果子的芳香

1954 年 7 月

礁　石

一个浪，一个浪

无休止地扑过来

每一个浪都在它脚下

被打成碎沫、散开……

它的脸上和身上

像刀砍过的一样

但它依然站在那里

含着微笑，看着海洋……

1954 年 7 月 25 日

珠 贝

在碧绿的海水里
吸取太阳的精华
你是虹彩的化身
璀璨如一片朝霞

凝思花露的形状
喜爱水晶的素质
观念在心里孕育
结成了粒粒真珠

1954 年 7 月 25 日

海 带

寄生在大海

随水流摇摆

怨海潮把它卷带

抛撇在沙滩上

从此和水属分开

任风吹太阳晒

心里焦渴地期待

能像往日一样

在水里自由自在

但命运不给它

较好的安排

它就这样一天天

枯干、碎断

慢慢化作尘埃……

1954 年 7 月 25 日，智利海边

高　原

这儿的白天
为什么热

这儿太高
离太阳近

这儿的夜晚
为什么冷

这儿太高
离月亮近

为什么离太阳近了热

为什么离月亮近了冷

太阳是火

月亮是冰

小　河

小小的河流
青青的草地

河的这边
是白的羊群

河的那边
是黑的、褐的牛群

天是蓝的
河是蓝的

小蓝花

小小的蓝花

开在青色的山坡上

开在紫色的岩石上

小小的蓝花

比秋天的晴空还蓝

比蓝宝石还蓝

小小的蓝花

是山野的微笑

寂寞而又深情

小牛犊

小牛犊儿多调皮
慢慢地走在公路上
汽车喇叭在后面催
它却一点也不慌张

它天真地仰起了头
流露出新奇的眼光
是从哪儿来的客人
到了这草原的牧场

泉

一

你唱的山歌
远近都闻名
听你的歌声
比泉水还清

二

这儿的山高
水也来得深

喝这儿的水

使歌喉圆润

平常的人们

不到这儿来

爬这样的山

谁也没耐性

只有两种鸟

到这儿留停

白天是百灵

夜晚是夜莺

1956 年 8 月

骑　手

在阿布嘎旗
两个人一起走
其中一个是歌手

在乌珠穆沁旗
两个人一起走
其中一个是摔跤手

在锡盟的每个旗
无论多少人一起走
个个都是好骑手

1956 年 8 月

女司机

她原是一个骑手
每天奔驰在草原
自从看见大卡车
她就离开了草原

她在呼和浩特
考上了司机班
回来驾着大卡车
把工业品运到了草原

夜行八百
日行一千
逛的是大街

住的是客店

她是草原上的

新的骑士

1956 年 8 月

赛汉塔拉 [1]

大草原

大草原

走不到尽头

看不到边

下面是绿草

上面是青天

天和地中间

只隔一条线

鲜花开遍了草地

百灵鸟成群儿飞

1. 赛汉塔拉是集二路一个站的名字，意即"美丽的平原"。

牧羊女在歌唱着

大草原啊多美丽

但是，在我的眼里

那真正最美的

是赛汉塔拉车站

当黄昏的时候

赛汉塔拉在草原上

像一个嵌满珍珠的冠冕

草原婚礼

你们好
高原上的牧民们！
我从远方来
向你们问好

你们好
牛群、羊群
马群和骆驼群！

新的日子来了——
崭新的列车
载运着医生、

画家和诗人

进入了大草原

一片一片的

粉白的房屋

散布在草原上

明洁的玻璃窗

反射着早晨的阳光

许多大卡车

从远方的城市

给草原运送嫁妆

连天空啊

也布置得

像一个大礼堂

一切都准备着

庄严的婚礼

沉睡的大草原

起来了

她梳妆得多么漂亮……

马头琴

一

年轻的牧民
为什么伤心?
王爷抢去了他的马
他又挨了毒打

王爷摆起了酒席
请来了许多客人
得到了一匹好马
赛过和仙女成亲

等酒都喝完了
要骑马给客人看
王爷府的门前
是无边的大草原

王爷跨上了马鞍
两腿在马肚上一夹
马高高地跳起来
把王爷从背上摔下

王爷愤怒了，咬着牙：
"追不到就射死它！"
四个仆人举起弓箭
一齐朝马来打靶

二

马淋着血
回到牧民面前

牧民流着泪

拔出了四根箭

马死了，躺在地上

牧民昏了，躺在马身上

牧民梦见他的马

他的马对他说：

"你待我一向很好

我死了，没有把恩报

"我愿和你在一起

永远也不分离

请把我的头割下

放在你的琴上

"再用我的皮

绷你的琴壶

用我的尾鬃

做你的琴弦

"我和你一起流浪

我和你一起歌唱

"你悲哀的时候

我也悲哀

你高兴的时候

我也高兴……"

牧民满怀仇恨

做了一个马头琴

他在草原上流浪

抱着琴像抱着爱人

无论到什么地方

都发出悲哀的声音

乌珠穆沁马

天下好马出在那儿
天下好马出在蒙古地
蒙古马数那儿的好
好马要数乌珠穆沁旗

在记不清的年代
乌珠穆沁旗北部
一个喇嘛库伦里
传说有三匹野马

好像一母所生
长得一样高大
跑起路来快如飞

牧民看见眼发花

有一个年轻的猎人
久久抱着一个雄心
得到那最好的一匹
才不算虚度这一生

他带了套马杆子
骑了一匹黄骠马
从乌珠穆沁旗动身
向茫茫的草原进发

从东到西从北到南
在草原上过了九天
看不见野马的影子
两只眼睛都已发干

正当他心灰意懒
想回到他的故乡
忽然看见三匹美马

站立在地平线上

猎人心花怒放
马上快马加鞭
像箭把离开弓弦
朝那地平线飞奔

他还没有赶到
野马已经发觉
像三只乌黑的兔子
一匹挨一匹地奔跑

从此他紧紧地跟随
九个夜晚九个白天
好像是它们的影子
永远在它们的后面

他看中那第一匹
它是它们的兄长
跑得比它们轻快

鬃毛比它们的长

现在猎人聚精会神
和那匹马并肩前进
他伸出了套马杆子
想把马头一下套进

他把套马杆紧紧勒住
忽然发出失望的叫喊
被套住的是第三匹马
另外两匹已到了天边

这匹最年轻的马啊
它的前蹄鲜血淋淋
它不幸落入了圈套
好像名将被人活擒

它为了向兄弟告别
朝天边长嘶一声
猎人拉住它的缰绳

回到了乌珠穆沁

乌珠穆沁马
威名震天下
它们的祖先
就是那第三匹马

1956 年秋

梨　树

那儿站着一棵梨树

枝叶是那样繁茂

像披着一件宽大的罩裙

裙裾快要触到了地面

她充分地承受阳光的眷顾

和风、雨、露水的抚爱

结的果子是那样的多

那样的饱满，发着金光

她是美丽而多乳汁

像一个年轻的母亲

1956 年 8 月

启明星

属于你的是
光明与黑暗交替
黑夜逃遁
白日追踪而至的时刻

群星已经退隐
你依然站在那儿
期待着太阳上升

被最初的晨光照射
投身在光明的行列
直到谁也不再看见你

1956 年 8 月

鸽　哨

北方的晴天

辽阔的一片

我爱它的颜色

比海水更蓝

多么想飞翔

在高空回旋

发出醉人的呼啸

声音越传越远……

要是有人能领会

这悠扬的旋律

他将更爱这蓝色

——北方的晴天

1956 年

景山古槐

站立在景山的顶上
朱由检已极度悲伤
那满城烛天的烽火
照见他莹莹的泪光

一连几夜他都没有入寝
周后袁妃已悬梁自尽
西面的三个城门被打开
农民起义军蜂拥而进

他的手扶着太监王承恩
他说:"我待你一向不错
今天来到这里,除了你

竟没有一个人伴随着我。"

他一步一步地向山下走
骄奢淫逸终于到了尽头
所有的豪华都化作云烟
一棵古槐树挡住了路口

它的主干像一条横梁
忽然一个念头浮上他的心来
他解下了腰间的条带
在那古槐上结束了一个朝代

1956 年

早晨三点钟

她为什么这样早就起来，
把自己打扮得这样可爱——
也许她要动身去赶火车？
也许有亲人从远方回来？

她看看摇篮里的婴孩，
他的眼睛还没有睁开；
又看看桌子上的时钟，
心啊比秒针走得更快。

究竟什么事情将要发生？
她是那样的聚精会神，
紧紧厮守那约定的时刻，

美丽的眼睛注视着长针……

她的心啊像在等着爱人，
此刻时针正触上了三点——
忽然电灯的光特别发亮，
随之她发出欢乐的呼嚷……

让我把她的秘密告诉你们：
一个水电站的工程已经完成。
她的丈夫是设计也是监工，
此刻她的心啊是多么高兴！

为了几个城市的照明，
整整一年他没有回来，
好像一个军人出门打仗——
是对祖国的忠诚和对她的爱。

下雪的早晨

雪下着，下着，没有声音，

雪下着，下着，一刻不停，

洁白的雪，盖满了院子，

洁白的雪，盖满了屋顶，

整个世界多么静，多么静。

看着雪花在飘飞，

我想得很远，很远，

想起夏天的树林，

树林里的早晨，

到处都是露水，

太阳刚刚上升，

一个小孩，赤着脚，

从晨光里走来，

他的脸像一朵鲜花，

他的嘴发出低低的歌声，

他的小手拿着一根竹竿，

他仰起小小的头，

那双发亮的眼睛，

透过浓密的树叶

在寻找知了的声音……

他的另一只小手，

提了一串绿色的东西，

——一根很长的狗尾草，

结了蚂蚱、金甲虫和蜻蜓，

这一切啊，

我都记得很清。

我们很久没有到树林里去了，

那儿早已铺满了落叶，

也不会有什么人影；

但我一直都记着那个小孩，

和他的很轻很轻的歌声。

此刻，他不知在哪间小屋里，

看着不停地飘飞着的雪花，

或许想到树林里去抛雪球，

或许想到湖上去滑冰，

他绝不会知道

有一个人想着他，

就在这个下雪的早晨。

1956 年 11 月 17 日

赠艾德林

——并题白石老人画

打开一幅一幅的画

像打开最好的季节

房子外面是冬天

里面是夏天水果、春天花

向日葵、牡丹、荔枝枇杷

草边青蛙、水中虾

有熟透了的樱桃的甜味

振动翅膀的蜜蜂的嗡鸣

这是一串朱红的小鱼

孕育、生长在自由中

友谊生长在和平中

一切美好的都得到繁荣

1957 年 1 月，北京。

官厅水库

一

想从前，

这儿的山洪

像溃败的千军万马，

发出狂野的吼叫，

从群山奔腾而下，

撕破了村舍，

淹没了庄稼，

绝望的人们

坐在山坡上，

一双双泪眼

看着天崩地塌……

想从前，
也曾有人
想在这儿疏浚河道，
修筑堤坝，
把水力聚集起来，
灌溉良田万顷，
从里面捞取黄金……

那时候啊，那时候，
那些土豪劣绅
和着官府衙门，
比洪水更可怕，
每一次灾难
都是他们搜刮的机会，
等事情过去了
瘦的更瘦、肥的更肥，
任何动听的计划
都成了泡影……

二

新的人来了——
他们披着早晨的阳光
背着背包和测量器
带着歌声来了，
那伴随着他们的
是新的观念和信心。

他们亲手搭起的
那简陋的工棚，
就像一面旗帜
竖立在山坡上，
它号召着人们
从四面八方聚集拢来……

于是，劳动的呼嚷，
炸药的轰响，
在这儿展开了一个

和自然搏斗的战场，

山坡上发出了

锤击和斧斤的繁杂的音响；

钢铁和混凝土

成吨成吨地倾注……

成年累月，夜以继日，

千百万人的力量

沿着蓝图所指示的方向，

在两架大山之间，

山洪想狂奔着逃逸的地方，

铸成了一堵铁壁铜墙。

恶水被围困了，

像一条古代的蛟龙，

在深潭之底

日夜呻吟转动……

三

那边出现了一个大湖！

打开最新的地图

也找不见它的名字。

人们就这样地

创造着翻天覆地的事业。

山光水色多么秀丽啊！

新式的建筑，

簇立在远远近近的山头。

将有许多的果树园，

在浓郁的绿荫中

隐现着合作社、

公共食堂、俱乐部

和充满阳光的疗养院……

长长的拦洪坝的尽头

和陡削的岩壁相连接的地方，

巨大的水闸操纵着水位，

把水压向隧道——

激越的山洪

保持着它的本性

发出可怕的冲击，

推动着发电机的机翼。

——这无尽的电力的源泉啊，

使成千工厂都充满了血液，

为北方古老的区域

创造工业化的春天。

"马布鲁克"

据路透社 7 月 26 日电：埃及总统纳赛尔今晚宣布把苏伊士运河收归国有……当开罗电台广播纳赛尔总统的宣告时，开罗的埃及人欢呼、跳跃、互相吻抱和互相"马布鲁克"（道贺）。

我曾经两次路过苏伊士，
每次心里都充满了忧愁——
整条运河都被人家把守，
帝国主义扼住了埃及的咽喉；

埃及被搜刮得很穷很穷，
到处都是失业者和乞丐，
在那些低矮的屋檐下，
一个个都是骨瘦如柴；

外国轮船停泊在海上，

外国的绅士和太太喜笑颜开，

无数的埃及人浮游在船边，

乞求着法郎和便士投下水来……

这是往事，这是不愉快的记忆，

在我的心里留了二十多年，

每次当我想起埃及的时候，

我的心总要感到辛酸。

如今埃及人民发出了怒吼，

屈辱的苏伊士得到了自由！

解放的旗帜插上运河的建筑，

被奴役的民族抬起了头！

听啊，从开罗发出的风暴，

声音显得多么骄傲！

无论地中海和红海，

都已激起了万丈波涛……

看啊，从东方升起的太阳，

带着无比美丽的光芒，

辐射过辽阔的沙漠，

正在尼罗河的两岸照耀……

马布鲁克！马布鲁克！

六万万人向你们致敬！

愿你们无所畏惧，勇往直前，

全世界的人民都是你们的后盾！

8 月 3 日于北京。

年轻的母亲

自从她上了飞机
就一刻也不休息

打开襁褓又包好
抱起婴儿又放下
嘴里在自言自语
好像和婴儿对话

这婴儿实在可爱
粉红脸像玫瑰花
那四肢又短又胖
嘴里还没有长牙

注视着这新的生命
她脸上有骄傲的光
用粗壮的臂膀抱着
柔软的吻印在脸上

最美是母性的眼睛
有不可侵犯的庄严
那感情是这样固执
嘴唇抿成一条红线

看她才二十多岁
却一点也不修饰
把头发随便一拢
穿一件宽大袍子

俯着身子也不嫌累
连眼眶都陷进去了
有时张着嘴打呵欠

但她的脸依然在笑

1954 年 7 月 3 日晨，

从莫斯科到布拉格的飞机上。

写给小睡车里的婴孩

维尔塔发河边

长长的堤岸上

静静的林荫道

像刚洗过一样

你睡在小睡车里

你的母亲推着你

你的嘴像一朵小花

含着橡皮的奶头

碧蓝的眼睛

映着布拉格的天

空中的飞鸟

和柔软的白云

你的母亲
慢慢地走着
拿着一本书
推着小睡车

书里的故事
吸引着她的眼睛
不知写的是英雄的传说
还是悲剧的爱情？

你睡在小睡车里
你的母亲推着你

她一边走一边看
好像书本以外
不再有别的世界
好像这条林荫路
就是为她而铺的

你静静地睡着了

在温爱中

在芳香里

在布拉格

在维尔塔发河边

在长长的堤岸上

在母亲推着的

温暖的、柔软的

像花一样的

像云一样的小睡车里……

1954 年秋，布拉格。

这是一个晴朗的早晨

这是一个晴朗的早晨

飞机在高空中飞翔

一朵朵白云像在微笑

我的心是阳光满照的海洋

我写过无数痛苦的诗

一边写，一边悲伤

如今灾难总算过去了

我要为新的日子歌唱

1954 年 7 月 16 日，

在大西洋上空。

我的阿非利加

在漫长的旅途中
我曾经过地狱之门

天还没有亮
我们降落在
达喀尔的飞机场上
停留很短的时间
我们还要继续飞航

在候机室里
惨白的灯光下面
看见许多黑种
他们是咖啡店里的用人

坐在墙角兜卖土产的人

飞机场里的装卸工人

他们的脸上流着汗

身体很瘦，很瘦

而且显得很疲倦

早安啊

我的黑色皮肤的兄弟

我多么想和你们拥抱

早安啊

我的阿非利加

炎热的、喘着气的阿非利加

帝国主义的鹰犬

徘徊在飞机场边

腰上挂着手枪

在钢盔下面

深陷的眼眶里

有狞恶的火焰

他们守卫着阿非利加的夜晚
这儿的夜晚这样长
已经延续了几百年

许多人来到这儿
抢运黄金和象牙
咖啡和可可
发财的都走了
在尼斯，在蒙地卡罗
盖起了别墅
过赌徒的生活

留下在这儿的
还要继续敲诈
想把骨髓都吸干

在这热带的夜晚
他们的肉体发酵
半闭着眼睛，幻想
大片大片的香蕉园

烈性的酒精

和黑色皮肤的女人

那些女人

逃出饥饿的村庄

在小酒店的红灯下面

唱着故乡的情歌

扭动着腰肢

跳着草裙舞

嘴装出媚人的笑

眼里却满含眼泪

他们含着烟斗，欣赏着

于是，这儿的夜晚

随着紧张的奏乐

在广阔的大地上

蔓延着梅毒

胸前挂着十字架的

也一样的野蛮

手枪是命令

皮鞭是语言

（在什么电影里

我曾经看见

尘土飞扬的路边

马刀砍下的头颅

悬挂椰子树下面）

咳，我的阿非利加

这样地受着糟蹋

无数港口和城镇

烙上耻辱的印子

连湖水也被捣浑

——什么叫维多利亚湖

她不是这儿人

阿非利加的历史里

找不出这样的名字！

为了洗净污垢与耻辱

阿非利加每天在流血

让沙漠刮起更大的风吧！

让沙石也变得更炎热吧！

让火山喷出更大的火焰吧！

让愤怒的火焰燃烧得更旺吧！

阿非利加是阿非利加人的！

我的黑色皮肤的兄弟呀，

你们的刀都磨快了么？

你们的剑都磨尖了么？

1954 年初稿，1957 年重写。

办签证的故事

一

我们在维也纳的智利领事馆，
办理进入智利国境的签证。

这是一所古老的房子，
永远也见不到阳光，
在阴暗的楼梯的墙上，
挂了一个圣母的塑像。

外面是书记室兼做接待室，
里面是总领事的办公室。

想当年有过豪华的日子，

现在却阴森森像一个灵堂。

总领事坐在高高的木椅上，

俨然像罗马主教的模样，

他的头发已经灰白了，

旧式的眼镜架在鼻梁上；

他好像正在看着什么，

却只是为了装模作样——

要是不把头抬起来，

会以为是蜡做的人像。

出来招待我们的

是一个小书记——

不是因为他的地位的卑微，

而是因为他身材小，动作小，声音也小。

他问清了我们的来意，

走进了总领事的房间，

于是他就开始紧张了，

走进走出一刻也不停……

总领事毫无表情，
养成了无动于衷的本领，
他向小书记问了几句，
小书记站着像一个仆人。

小书记出来松了一口气，
向我们很谦和地作揖，
他说："你们昨天来就好了，
今天早上收到政府的电报，
电报里只有一句话：
'过去的诺言现在已经无效。'"

这事情当然很使我们生气，
我们已从亚洲来到了欧洲，
"你们这是不让我们去！"
连续的质问冲出了我们的口。

他马上慌了："不，不，不，

你们到我们国家去，当然欢迎。

但我们也有我们的苦衷，

——这件事我也说不清。

我们可以打电报请示，

问一问这是什么意思。"

于是他站在我们身边，

轻轻地向我们诉苦，

说他原来是弹钢琴的，

现在却做了一个书记；

我看到他的夏季的花皮鞋，

鞋底和鞋面快要脱离关系。

那个总领事，

是一架衡量身份的机器——

看见比自己神气的，

他就站起来；

看见没有自己神气的，

他就坐起来；

他面前的大桌子上，

摆着一本很厚很大的书，

他的目光落在书的上面，

（我再一次向你们担保：

他什么也没有看见！）

当他和小书记说话的时候，

就连头也不抬一下，

眼珠也不转动一下。

小书记拟好了电报，

总领事改了几个字。

小书记坐在打字机前面，

用弹钢琴的手打电报稿子，

他打得很慢，很慢，

比用笔写还要吃力，

打打又停停，停停又打打，

声音实在很沉闷。

他打完了，脸上露着苦笑：

"我从来没有搞过这个，

过去学的是艺术，

而打字——却是一种技术。"

但当他给总领事看时，

总领事生气了！

他严厉地责怪小书记

不该随便拿一张纸

用来打电报的稿子，

打电报应该是公文用纸。

在外面的房间里，

还坐着一个女人。

好像没有什么事情，

看着一切默不作声；

她有黑的头发和黑的眼睛，

像一个西班牙女人，

她好奇地看着东方来的人，

既不是冷淡也不是兴奋，

她显然是总领事下面的

　　两个办事员当中的一个人。

等小书记再出来时，

女的从椅子里站起来，

谦恭地走向总领事的房间，

但到门口就站住了，

像一个懂规矩的侍女，

手指在背后紧张地动着，

等那总领事给了暗示，

她才笔直地向他走去⋯⋯

小书记轻轻地告诉我们：

"她是维也纳人，

是总领事的妻子，

她很怕她的男人。"

打电报要收电报费，

小书记的礼貌很周到：

"你们要是没有带钱。

我们可以垫一垫。"

但他马上说："你们是大国，

不在乎这点点钱。"

女的陪我们去打电报，
我们一同走出领事馆。
一到路上，她告诉我们：
"我们的总领事，
是一个神经质的人。"
她很轻松地批评他，
不知道我们已知道
她所批评的是她的男人。

二

过了两天，
我们又去催签证。

又见到了小书记，
他说："总领事病了，
要他签字就得到医院。"

我们就陪他到医院。

我们站在医院门口，
等了很久他才出来，
可怜的人又挨了骂，
低着头，无精打采。

他还是表明自己是艺术家，
对同行的人流露一点真情。
他说："我也是聂鲁达的朋友。
十二年前在纽约，
为诗人举行了一个晚会，
他朗诵的时候，
我曾做过钢琴伴奏。
你们去给他做寿，
请为我向他问候！"

在坐车子回来的时候，
他给了我们一张名片，
在那名片上印着一行小字：

"曾任智利驻梵蒂冈大使馆参赞。"

小书记显然已经看见，

未来的世界是属于谁的。

这个故事很简单，

并没有至理名言；

但什么东西正在崩溃，

聪明的人自然会看见。

1954 年，夏，维也纳。

在智利的海岬上

——给巴勃罗·聂鲁达[1]

让航海女神

守护你的家

她面临大海

仰望苍天

抚手胸前

祈求航行平安

---

1. 巴勃罗·聂鲁达（Pablo Neruda，1904—1973），智利著名诗人，代表作《二十首情诗和一支绝望的歌》。1971 年获诺贝尔文学奖。

一

你爱海，我也爱海
我们永远航行在海上

一天，一只船沉了
你捡回了救命圈
好像捡回了希望

风浪把你送到海边
你好像海防卫士
驻守着这些礁石

你抛下了锚
解下了缆索
回忆你所走过的路
每天瞭望海洋

二

巴勃罗的家
在一个海岬上
窗户的外面
是浩渺的太平洋

一所出奇的房子
全部用岩石砌成
像小小的碉堡
要把武士囚禁

我们走进了
航海者之家
地上铺满了海螺
也许昨晚有海潮

已经残缺了的

木雕的女神

站在客厅的门边

像女仆似的虔诚

阁楼是甲板

栏杆用麻绳穿连

在扶梯的边上

有一个大转盘

这些是你的财产：

古代帆船的模型

褐色的大铁锚

中国的大罗盘

（最早的指南针）

大的地球仪

各式各样的烟斗

和各式各样的钢刀

意大利农民送的手杖

放在进门的地方

它陪伴一个天才
走过了整个世界

米黄色的象牙上
刻着年轻的情人
穿着乡村的服装
带着羞涩的表情
像所有的爱情故事
既古老而又新鲜

手枪已经锈了
战船也不再转动
请斟满葡萄酒
为和平而干杯！

三

房子在地球上
而地球在房子里

壁上挂了一顶白顶的

　　黑漆遮阳的海员帽子

好像这房子的主人

今天早上才回到家里

我问巴勃罗：

"是水手呢，

还是将军？"

他说："是将军，

你也一样；

不过，我的船

已失踪了，

沉落了……"

四

你是一个船长，

还是一个海员？

你是一个舰队长，

还是一个水兵？

你是胜利归来的人，

还是战败了逃亡的人？

你是平安的停憩，

还是危险的搁浅？

你是迷失了方向，

还是遇见了暗礁？

都不是，都不是。

这房子的主人

是被枪杀了的洛尔伽[1]的朋友

是受难的西班牙的见证人

是一个退休了的外交官

不是将军。

日日夜夜望着海

---

1. 洛尔伽：费·加·洛尔伽（F.G.Lorca, 1898—1938），西班牙诗人、
   戏剧家。遭法西斯杀害。

听海涛像在浩叹

也像是嘲弄

也像是挑衅

巴勃罗·聂鲁达

面对着万顷波涛

用矿山里带来的语言

向整个旧世界宣战

五

在客厅门口上面

挂了救命圈

现在船是在岸边

你说："要是船沉了

我就戴上了它

跳进了海洋。"

方形的街灯

在第二个门

这样，每个夜晚

你生活在街上

壁炉里火焰上升

今夜，海上喧哗

围着烧旺了的壁炉

从地球的各个角落来的

　　十几个航行的伙伴

喝着酒，谈着航海的故事

我们来自许多国家

包括许多民族

有着不同的语言

但我们是最好的兄弟

有人站起来

用放大镜

在地图上寻找

没有到过的地方

我们的世界
好像很大
其实很小

在这个世界上
应该生活得好

明天，要是天晴
我想拿铜管的望远镜
向西方瞭望
太平洋的那边
是我的家乡
我爱这个海岬
也爱我的家乡

这儿夜已经很深
初春的夜晚多么迷人

六

在红心木的桌子上
有船长用的铜哨子

拂晓之前，要是哨子响了
我们大家将很快地爬上船缆
张起船帆，向海洋起程
向另一个世纪的港口航行……

1954 年 7 月 24 日晚初稿，
1956 年 12 月 11 日整理。

告　别

冬天将要过去了
春天还没有到来

浅灰色的早晨
我离开你
离开你动人的声音
离开你温热的手掌
离开你宽阔的胸膛
离开你的拥抱
说了一声："再见。"
不可能许下重聚的日期
就这样地，我离开你
离开我的兄弟

离开智利

你像一个士兵
穿着草绿色的粗呢大衣
外貌十分温静
心里却燃烧着
对于叛徒和走狗的仇恨
和对于千百万人的爱情

你守卫着山顶白雪的纯洁
守卫着海边浪花的澄碧
守卫着北部的矿山
守卫着南部的森林
守卫着年轻人的幸福和希望
守卫着星光之夜的宁静
守卫着音节响亮的语言
守卫着手制黑陶的年老的妇人

但是那些奸细
整天进行秘密交易的人们

他们憎恨你，直到恨入骨髓

向你投来斜视的眼光

他们憎恨你，想窒息你的声音

恨不得想把你揉碎

他们要把铜矿和硝矿

廉价地出卖给美国商人

甚至想把你的血

倒进举杯庆贺的混合酒里

这些人早已习惯了

那血液的苦涩的滋味

而更多的人

却和你在一起

无论在圣地亚哥

还是瓦尔帕拉伊索

当我和你行走在街上

那些衣服褴褛的人们

不断地向你打招呼致敬

他们叫你的名字

就像叫自己的兄弟

当你出现在群众集会上

会场里挤满了人

（连警察都不敢进去）

大家自由地坐着或站着

大家自由地发出笑声

儿童们都挤到讲台旁边

仰着小小的脑袋

大家的眼睛闪耀着光辉

听着你富有智慧的语言

你站在路边

和一个渔夫交谈

他是和海浪搏斗的老人

咸味的风把他的脸吹黑了

你说他是民间诗人

为他打开了酒瓶

他像一个孩子似的天真

痛快地喝着酒

从他发皱的嘴里

流出韵律和谐的声音

你和更多的人在一起

诞生你的是山岳和海洋

你是大自然的一个部分

而你是属于群众的

你的心是属于群众的

你的感情和语言是属于群众的

全世界都有你的朋友

人们多么容易理解你

像人们理解树和岩石一样

像人们理解海和山一样

像人们理解自己一样

飞机的螺旋桨已经旋转

飞机已慢慢地离开地面

你挥着手和朋友告别

你站在生你的土地上

我远远地看着你的影子

你的确像一个忠实的士兵

你是一个士兵。

1954 年初稿，
1957 年整理。

大西洋

离开了西非洲，
飞向南美洲，
在飞机的下面，
是茫茫的大西洋……

今天，海上没有风，
静静的大西洋，
是一片磨砂玻璃般的
广阔、灰白的平面；
没有船只、没有舰队，
连捕鱼的小艇也看不见，
好像回到了洪荒时代，
寂寞、荒凉、没有人影；

大西洋深深地睡着，

无冤无仇、没有牵挂，

好像时间并不存在，

世界也没有什么纠纷。

当然，

事实并不如此简单。

在目力所不能及的

迷蒙的、遥远的地方，

到处都埋伏着危险。

大西洋的虚饰的平静，

好像神话里的人面兽身，

脸上露着神秘的微笑，

看着每一个过路的人，

她的一只前脚向前提起，

嘴里发出诡谲的问题，

谁要是猜不透她的谜，

谁就要在她面前倒毙。

我好像置身在原始森林里，
警戒着那突如其来的袭击。
我的头紧靠着窗户，
眼睛俯视着大西洋，
随着飞机在空际运行，
引起我无限的感想……

于是，我看见了
一个真实的大西洋——
汹涌着野性的波涛，
扩展着暴力的大西洋。
在这个大西洋里，
海岸和海岸互相仇视，
岛屿和岛屿互相对立，
每一块礁石都充满仇恨。

我看见，在那边
大西洋的东西两岸
任何的一个角落，都布满
比人身上更细微、更繁杂的神经，

假如我们能把空气

像切一块肉冻似的

切下大空中的一小片，

假如无形的、流动着的电波

每一次都是一条线，

那么，在这一小片的空气里面，

就纠缠着

比一个疯狂的女人的发丝

更难于清理的线，

这些线，杂色纷呈，

里面透露预谋着的战争；

有关千百万生命的

阴险而又残酷的计划；

和想把某一个正在成长的国家

如何用老练的外交手腕

突然扼死的方案。

多少年了，大西洋啊，

成了大海盗的渊薮，

殖民主义的发祥地，

世界大战的温床！

在那些远方的海港里，
我们可以看到
停泊着数不清的舰只，
远远看去像是海上的城市，
每一只军舰都在等待着
那离开港口的
揭去炮衣的严重的时刻。

而在北大西洋的两岸，
喧闹腾天的大都市的
某些摩天楼的里面，
也正有许多人
为了一批批军火的脱销
忙乱地拨动着算盘……

夜晚，在某个大厦的
灯光透亮的会议室里，
也正有人私议着，如何

进攻一个年轻的共和国；
以及武装一师吴庭艳的军队，
比武装一师
由芝加哥失业工人所组成的军队，
究竟能省下多少钱

飞机飞在大西洋的上空，
我的心随着马达的声音在跳动……

生命原是无价之宝，
但在贩卖战争的人们看来，
生命是不值钱的，
在他们的天平上，
一个砝码，就得要用
一千页的写满人名的本子
才能保持平衡。

帝国主义的军阀和财阀
已成为整个世界的灾难，
他们的贪欲和野心，

比任何帝王的都更大；

他们想把整个地球

把握在自己肥胖的手里，

像一个三岁的小孩

把握一个苹果似的；

他们随时都想点起战火，

好像是点起鞭炮似的；

他们想拿别的民族的命运

做一次最大规模的游戏，

他们向人说"这是上帝的意旨"，

心里却窃笑着自己就是"上帝"。

但是，这一切都要过去了。

从欧洲到南北美洲，

从非洲到亚洲，

和那星散的澳洲，

处处都有愤怒的火山在爆发，

争自由与解放的呼号

比大西洋的风浪更高更大……

每个人都爱惜自己的生命，

每个生命都只能存在一次，

每个人不是孤单的一个体积，

人人维系着自己身边的一群——

自己认识的人，一同劳动的人，

命运相同的人，甘苦与共的人，

自己所爱的人和爱自己的人，

正因为如此，人会变得勇敢，

不惜抛弃自己去保护别人，

自己也被保护着，虽然不能看见；

人与人之间由许多观念维系着，

每个观念都是一种巨大的力量，

我们的教育和其他的精神活动，

在培养我们把自己

溶化在许多庄严的观念里面，

人越觉醒，越能无所畏惧，

也越能为了全体而牺牲自己。

而那些暴君，那些佞臣，那些奸细，

他们只是少数的人，极少数的人，

那些贩卖军火的是极少数的人，

那些从战争取得利润的是极少数的人，

那些吸吮人血的是极少数的人，

他们都是犯罪的人，

他们都是窃居高位的人，

他们都是偷盗财富的人，

这些人在等待着最后的审判，

他们的末日很快就要来临。

我们面临着一个新的世纪，

人与人的关系在改变着，

许多观念富有了新的意义，

新的人在成千成万地诞生……

我们是工厂里的、码头上的工人，

是铁路上的、矿山里的工人，

是一切大大小小的作坊里的工人；

我们是土地的耕耘者，

是手拿镰刀的人，

是垦荒的人，是牧畜的人，

自从一天我们觉醒了，

我们就是国家的血液和心灵，

我们是创造新的历史的人。

有人在问：

我们的愿望是什么？

我们不幻想豺狼会有仁慈，

我们也不向强盗乞求怜悯，

千百次的经验向我们证实：

要取得胜利只有通过斗争。

我们按照自己的愿望，

在进行着劳动和创造，

我们所创造的应该属于自己。

我们像禾草那么众多而又单纯，

像山岩似的领受暴风雨的打击，

我们像煤块似的坚硬而又沉默，

等时间到来，就发出熊熊的火焰……

我们给旧世界挖掘坟墓，

听啊，巨人正在敲打丧钟……

在长期的考验中

我们挑选而又培植

那些忠实于我们的人作为领袖，

他们和我们受过同样的折磨，

他们知道我们的痛苦和欢乐，

他们吸引我们，像磁铁吸引生铁，

我们信任他们，像信任自己的良心。

我们是地面上劳动的人们，

我们是手转绞盘的人们，

我们把无数想践踏我们的人打倒了，

我们烧毁了久久欺骗我们的偶像，

我们的人数越来越多，

没有山和水能隔断我们，

我们散布在地球的每个角落，

甚至连大西洋的两岸，

甚至那些星散的岛屿上，

都有我们的人。

我们以劳动和智慧联结在一起，
引导我们的是最光辉的真理：
"我们空无所有，但要得到一切！"
任何财富都将永远属于我们。
我们已为自己建造起新的宫殿
伟大的劳动在改变地球的面貌
一切美好的事物将从我们手中产生，
所有的寄生者都将化为灰尘。
我们的意志坚如磐石：
我们不要战争。
和平与友谊好像一辆列车，
带着轰鸣与欢笑向前直奔……

人面狮身的谜解开了。
此刻，在我面前出现的
是一个新的大西洋——
粼粼的水波闪着金光。
从那些海岸和岛屿，
传来了一阵阵的歌声，
它是如此柔婉而又坚定，

抒发出这时代最大的愿望，

它随着水波荡漾，飘得很远

一直到每一个有人迹的地方……

1954 年 7 月初稿，
1956 年 10 月改成。

画鸟的猎人

一个人想学打猎，找到一个打猎的人，拜他做老师。他向那打猎的人说："人必须有一技之长，在许多职业里面，我所选中的是打猎，我很想持枪到树林里去，打到那我想打的鸟。"

于是打猎的人检查了那个徒弟的枪，枪是一支好枪，徒弟也是一个有决心的徒弟，就告诉他各种鸟的性格，和有关瞄准与射击的一些知识，并且嘱咐他必须寻找各种鸟去练习。

那个人听了猎人的话，以为只要知道如何打猎就已经能打猎了，于是他持枪到树林。但当他一进入树林，走到那里，还没有举起枪，鸟就飞走了。

于是他又来找猎人，他说："鸟是机灵的，我没有看见它们，它们先看见我，等我一举起枪，鸟早已飞走了。"

猎人说："你是想打那不会飞的鸟么？"

他说："说实在的，在我想打鸟的时候，要是鸟能不飞该多好呀！"

猎人说："你回去，找一张硬纸，在上面画一只鸟，把硬纸挂在树上，朝那鸟打——你一定会成功。"

那个人回家，照猎人所说的做了，试验着打了几枪，却没有一枪能打中。他只好再去找猎人。他说："我照你说的做了，但我还是打不中画中的鸟。"猎人问他是什么原因，他说："可能是鸟画得太小，也可能是距离太远。"

那猎人沉思了一阵向他说："对你的决心，我很感动，你回去，把一张大一些的纸挂在树上，朝那纸打——这一次你一定会成功。"

那人很担忧地问："还是那个距离么？"

猎人说："由你自己去决定。"

那人又问："那纸上还是画着鸟么？"

猎人说："不。"

那人苦笑了，说："那不是打纸么？"

猎人很严肃地告诉他说："我的意思是，你先朝着纸只管打，打完了，就在有孔的地方画上鸟，打了几个孔，就画几只鸟——这对你来说，是最有把握的了。"

偶像的话

在那著名的古庙里，站立着一尊高大的塑像，人在他的旁边，伸直了手还摸不到他的膝盖。很多年以来，他都使看见的人不由自主地肃然起敬，感到自己的渺小，卑微，因而渴望着能得到他的拯救。

这尊塑像站了几百年了，他觉得这是一种苦役，对于热望从他得到援助的芸芸众生，明知是无能为力的，因此他由于羞愧而厌烦，最后终于向那些膜拜者说话了：

"众生啊，你们做的是多么可笑的事！你们以自己为模型创造了我，把我加以扩大，想从我身上发生一种威力，借以镇压你们不安定的精神。而我却害怕你们。

"我敢相信：你们之所以要创造我，完全是因为你们缺乏自信——请看吧，我比之你们能多些什么呢？而我却没有你们自己所具备的。

"你们假如更大胆些，把我捣碎了，从我的胸廓里是流不出一滴血来的。

　　"当然，我也知道，你们之创造我也是一种大胆的行为，因为你们尝试着要我成为一个同谋者，让我和你们一起，能欺骗更软弱的那些人。

　　"我已受够惩罚了，我站在这儿已几百年，你们的祖先把我塑造起来，以后你们一代一代为我的周身贴上金叶，使我能通体发亮，但我却嫌恶我的地位，正如我嫌恶虚伪一样。

　　"请把我捣碎吧，要么能将我缩小到和你们一样大小，并且在我的身上赋予生命所必需的血液，假如真能做到，我是多么感激你们——但是这是做不到的呀。

　　"因此，我认为：真正能拯救你们的还是你们自己。而我的存在，只能说明你们的不幸。"说完了最后的话，那尊塑像忽然像一座大山一样崩塌了。

养花人的梦

在一个院子里，种了几百棵月季花，养花的认为只有这样才能每个月都看见花。月季的种类很多，是各地的朋友知道他有这种偏爱，设法托人带来送给他的。开花的时候，那同一形状的不同颜色的花，使他的院子呈现了一种单调的热闹。他为了使这些花保养得好，费了很多心血，每天给这些花浇水，松土，上肥，修剪枝叶。

一天晚上，他忽然做了一个梦：当他正在修剪月季花的老枝的时候，看见许多花走进了院子，好像全世界的花都来了，所有的花都愁眉泪睫地看着他。他惊讶地站起来，环视着所有的花。

最先说话的是牡丹，她说："以我的自尊，绝不愿成为你的院子的不速之客，但是今天，众姊妹们邀我同来，我就来了。"

接着说话的是睡莲，她说："我在林边的水池里醒来的时候，听见众姊妹叫嚷着穿过林子，我也跟着来了。"

牵牛弯着纤弱的身子，张着嘴说："难道我们长得不美吗？"

石榴激动得红着脸说："冷淡里面就含有轻蔑。"

白兰说："要能体会性格的美。"

仙人掌说："只爱温顺的人，本身是软弱的；而我们却具有倔强的灵魂。"

迎春说："我带来了信念。"

兰花说："我看重友谊。"

所有的花都说了自己的话，最后一致地说："能被理解就是幸福。"

这时候，月季说话了："我们实在寂寞，要是能和众姊妹们在一起，我们也会更快乐。"

众姊妹们说："得到专宠的有福了，我们被遗忘已经很久，在幸运者的背后，有着数不尽的怨言呢。"说完了话之后，所有的花忽然不见了。

他醒来的时候，心里很闷，一个人在院子里走来走去，他想："花本身是有意志的，而开放正是她们的权利。我已由于偏爱而激起了所有的花的不满。我自己也越来越觉得世界太窄狭了。没有比较，就会使许多概念都模糊起来。有了短的，才能看见长的；有了小的，才能看见大的；有了不好看的，才能看见好看的……从今天起，我的院子应该成为众芳之国。让我们生活得更聪明，让所有的花都在她们自己的季节里开放吧。"

1956 年 7 月 6 日

蝉的歌

在一棵大树上，住着一只八哥。她每天都在那儿用非常圆润的歌喉，唱着悦耳的曲子。

初夏的早晨，当八哥正要唱歌的时候，忽然听见了一阵震耳欲聋的嘶叫声，她仔细一看，在那最高的树枝上，贴着一只蝉，他一秒钟也不停地发出"知了——知了——知了"的叫声，好像喊救命似的。八哥跳到他的旁边，问他："喂，你一早起来在喊什么呀？"蝉停止了叫喊，看见是八哥，就笑着说："原来是同行啊，我正在唱歌呀。"八哥问他："你歌唱什么呢？叫人听起来挺悲哀的，发生了什么不幸的事么？"蝉回答说："你的表现力，比你的理解力要强，我唱的是关于早晨的歌，那一片美丽的朝霞，使我看了不禁兴奋得要歌唱起来。"八哥点点头，看见蝉又抖动起翅膀，发出了声音，态度很严肃，她知道要劝他停止，是没有希望的，就飞到另外的树上唱歌去了。

中午的时候，八哥回到那棵大树上，她听见那只蝉仍旧在那儿歌唱，那"知了——知了——知了"的喊声，比早晨更响。八哥还是笑着问他："现在朝霞早已不见了，你在唱什么了呀？"蝉回答说："太阳晒得我心里发闷，我是在唱热呀。"八哥说："这倒还差不多，人们只要一听到你的歌，就会觉得更热。"蝉以为这是对他的赞美，就越发起劲地唱起来。八哥只好再飞到别的地方去。

傍晚了，八哥又回来了，那只蝉还在唱！

八哥说："现在热气已经没有了。"

蝉说："我看见了太阳下山的奇景，兴奋极了，所以唱着歌，欢送太阳。"一说完，他又继续唱，好像怕太阳一走到山的那边，就会听不见他的歌声似的。

八哥说："你真勤勉。"

蝉说："我总好像没有唱够似的，我的同行，你要是愿意听，我可以唱一支夜曲——当月亮上升的时候。"

八哥说："你不觉得辛苦么？"

蝉说："我是爱歌唱的，只有歌唱着，我才觉得快乐。"

八哥说："你整天都不停，究竟唱些什么呀？"

蝉说："我唱了许多歌，天气变化了，唱的歌也就不同了。"

八哥说："但是，我在早上、中午、傍晚，听你唱的是同一的歌。"

蝉说："我的心情是不同的，我的歌也是不同的。"

八哥说："你可能是缺乏表达情绪的必要的训练。"

蝉说："不，人们说我能在同一的曲子里表达不同的情绪。"

八哥说："也可能是缺乏天赋的东西，艺术没有天赋是不行的。"

蝉说："我生来就具备了最好的嗓子，我可以一口气唱很久也不变调。"

八哥说："我说句老实话，我一听见你的歌，就觉得厌烦极了，原因就是它没有变化；没有变化，再好的歌也会叫人厌烦的。你的不肯休息，已使我害怕，明天我要搬家了。"

蝉说："那真是太好了。"说完，他又"知了——知了——知了"地唱起来了。

这时候，月亮也上升了……

1956 年 8 月 4 日